77137

林屋集卷之十五

山人蔡羽著

友戒

粵在唐虞舜皐相慼益稷相礀君臣百僚自相師友用集馨香之德物軋光明不惟其容愉嬉喜之能遊也商周以來君臣一德父師相望其道丕章尼父起於泗上英才祁祁維木從繩朝斤夕斲鳴鼓攻求堂堂戒師數斯疏惟忠告當是時也七成奏朱干総忠信孝友之行行詩書六藝之科脩其風洋洋薄乎穹壤上掩帝王下澤萬世吁嗟乎聖人之不遇也猶且朝不以爲黨俗不以爲異肆惟顔閔沉潛道德商與偃也卓乎文稱相篤如父子相愛如兄弟師友之道盡矣夫眴衆則山漂十夫則錐橈當是時而有說七十子其能免乎撥厥所以道大而公也死黨之風潛于戰國陰相媒結累世而不解蘇秦張儀驅之田文趙勝主之其風洋洋亦二三百載漢武誅郭解殺竇嬰田蚡暴死其俗漸消東漢之士起慕鄒魯之道義又任俠之睚眦刻苦守節過於原憲赴死如歸過於季路然皆罔識明夷之義標榜相高激昂相取再蹈秦坑而不知悔何則孔子所謂狂狷而皆未聞中庸之道也是故君子進則公是公非退則相師相友有道則鳳鳴無道則喑啞無宿愛無私怨無夤緣之路無請謁之門類天下之善而不相側媚至於道同而氣合德業相許忠義相勉有無相推緩急相救公也

非私也奉之若蓍龜親之若芝蘭言有味聲相求因相睽異公也非私也彼出腑肺訂金石要之以死生揩之以榮辱一日得路反眼乃邈乎其不相顧故刖臏者消也殺餘者耳也奚爲弊之若是哉何則始無道義以爲基見利而動憤積而至相噬也故七國弊矣漢亦太過七十子如笙鏞華瑟雝雝喈喈莫得而廢也今世之士窮苦在下以文相取必於其相知而晨昏焉是故斅伐木之義求麗澤之益聲出而響和形潛而影從亦欲明先聖之道以蓄積其未遇公也非私也世固有疑其不廣者噫處窮者之道則然盖不察其心而泥其跡也作是篇以自相戒勉俾疑之者於是乎信

士命

凡厥庶職惟上帝之命時惟康乂命之贊襄爲師爲保爲賡歌颺詔之臣時惟艱命之撥亂爲膺揚爲托孤鎮撫凡玆鴻細罔非王臣而皆命之錫命之者天也定之職亦天也惟厥命殫厥猷爲允貞允恪以供厥職故皐歌九德禹贊九功百僚師師無鰥無缺降自夏商靡不皆然後之生士也不古若惟古倍其取士也乃古陪亦弗古若周之衰也孔子生而行以老終其下者乎然天之命孔子也不爲不厚厥立也煥乎萬世孔氏之庭賢而名者七十二人亦各有命子貢結駟冉子用矛其他爲衛爲費爲宰爲老皆恪執乃事窮而處者顏曾閔子三子者之所成則德行也

使三子者而弗能以德行名奚有於命與職漢武稽
古右文立業之家盈廷童如終軍滑如東方咸極寵
選太史公父子顧棄而弗親然漢無司馬氏典章文
物不傳非天之命司馬氏得終於史職乎唐之盛也
辭翰之臣必處禁地昌黎韓愈顧廢而不用然一代
文體由之大振惟宋亦然程張朱子非不容于朝者
乎夫微其選無一時之功微其不遇無數子之業不
知天於數子果遇之耶抑真不遇之耶　國家之
盛也三年而比士服其教而能言者必附薦錄廢而
擯者多不良寧有能言而不能聽者乎然鄉則有遺
棄之士蹇趄其步昬亂其途顛顇其容囷索其氣府
司憎之同列醜之顧獨堅若志忍若欲厲守聖賢之

約束耽濡經術之膏醲頷頷窮年而不厭是將命耶
非命耶夫窮居自求欲爲達者之所爲有不得爲得
時用世欲爲窮者之所爲又不毀爲故稱明異途均
修其職同謂之不朽叔孫豹所立功立言也若夫達
矣徒祿寵矣優游棄職而不顧則同謂之戾命矣詩
曰好樂無荒良士瞿瞿是命之謂也夫顏曾受命發
於德行談迁受命發於國史鄒受命發於文學程朱
受命發於道統是可畏者命也非窮也伊若莪冠儒
紳受命都試狼伉濡尾跋胡云退衆則咻之庸何慍
曰職也伊或優游絃歌言濫氣縮既生後進縱橫而
起冠蓋相望組紱相輝言高而氣張一榮一辱衆方
誚之庸何戚曰達也是非命之我責也悲夫天下之

士患乎不知命不患乎處否豈獨士爲然哉通貴賤無不然

蹈道

蹈道之家不狥俗不背天不萌心於人縱三守而天下莫能爭夫有俗然而吾不然有吾然而俗不然者是故其情不可得而同也有天完而人不完有人完而天不完者是故其人不可得而列也有天縱而人不縱有人縱而天不縱者是故其美不可得而並言也彼俗然而吾不然者我與俗不相謀也是故古禮不合於鄉古樂不和於衆古言不便於今古行不通於時君子修古人之業恍於古不恍於俗充其操矣夫安得而同哉天完而人不完者天與人不並立也

君子道德則得其性者也文章則貴其邦者也否否乎粲粲乎不賴而求存是故君子恤乎天不恤乎人小人恤乎人而不恤乎天夫安得而列哉才獻知畧天之所縱也人則貧賤之俾不達威權隆赫人之所縱也天則庸愚之俾不通夫安得而並言哉是故俗然而吾不然者其人介天完而人不完者其性定人縱而天不縱者其能病已介者不和於俗故施於天下者人鮮得而知之也古之人有行之者伯夷是也性定者不謀於人故守於一身者人鮮得而亂之也古之人有行之者顏淵是也能之病也故恒紐於勢利以傾天下之賢人君子古之人有行之者金張許史是也生今之世不由今之俗至於立身行已則無

其人之喜之所好非所行非所以超於俗也君子行法以俟命而已矣循乎天而不忘乎人非所以得其性也儳獸之威憑社之靈以自矜持彼以爲榮我以爲辱不之醜而之愛者非所以耿六人縱也由是以望天下之無爭難矣江夏黃省曾高才嗜古爲詩文極前人之選可謂不徇乎俗矣然一有所言輒憂人之不我喜破棄倒廩以求遺書杜門絕客以耽道義可謂勤於事天矣然蚤有所招夕有所就何往來之弗殫煩也今世之挽圭瓊拾科第曰丁而唾手相踵也黃子視之兒戲耳然或私竊慕之余懼黃子之尚累於俗也未堅其天也猶萌心於彼也相與較商而作爲是說黃子由余言盡反而速化之蛻其形而脫其距不爭於人之爭而爭於人之所不爭斯舉天下無與爭矣

耳罪

惟心匪靈肆厥咎目惟目匪明肆厥咎耳耳奚拙以訛專訛目奚拙不辨燕石然則害奚先曰目先罪奚重曰耳重厥初聖人厥德靜應湛幽微神八表渾一內外是故有靈心無靈耳目故能舉人不以類求賢不以方堯揚歷山之農而天下戴之是已降及賢哲無無心思有靈耳目心則善謀不以累目目則善視不以累耳耳聽聰畀克養聰德聰贊明明贊思以相滋益用能甄別毫釐不亂白黑祿不可以苟取名不可以倖得子產以於子皮而先之韓起賤於中行偃

而上之是已非聖非賢肆大不然不聽其所以聽而聽於衆口之和不察其所以察而察於浮俗之議人操其衡我失其柄時敓內外交瞶耳目喪靈離真眩白而無以定天下之是非矣楚之耳在尚故屈平去而張儀進趙之耳在開故括葱試而頗牧死天下未嘗無賢禮之者患不專天下未嘗無士愛之者患不篤以技求士則進於技者耻以胠篋養客則賢於客者去公卿大夫飾虛約名自謂足以駕天下之士雖有高飛深潛無以遁其羅畢庸詎知乎圖南之翼縱壑之鱗特游於網羅之外而固未嘗得士也切水可以浮芥舟而不可以擬𧿒衡衰風可以颺秋毫而不可以起大鵬士大夫禮意衰薄蔪以妝載豪傑羗矣

古之王者乃有師臣令縣令已不下士矣古之王者其師臣也寧之如神明愛之如骨肉破除崖岸屈體折節以相薰比肆克陰養厥德迪廣聰明以臣厥不廷令之有邦邑者或耻無士之名有意於賢且多聞不過釣之以媒嬌之以文未至而心防之已見而意足之貌與終食推衽之而已庸詎足以逮彼已之情而發其蘊藏哉自賢其賢以蔪賢士之言言焉得自伐其智以襲謀夫之智智焉集於戲允兹所以待介士也惡足以待天下士哉矦厥所以耳之罪也耳唯不廣故限於介士不至於天下士耳唯限於介士故視士不以天下士而常爲介士以疑介士之心施於天下之士故士去而終身不遇天下士也然則罪奚

已曰慎耳耳奚慎曰虛心聖靈心賢靈耳目從之而
後可

市有虎論

市有虎龐共以況讒也循而思之市則有虎夫虎殘
暴物也不生於市井特生於山林因以爲市無虎世
之兇險人肉面而獸心人形而虎行出入市井以
盡一市之肉人則虎也虎之惡暴露顯著人猶得而
避之兇人之食人也機穽於曖昧爲阱於隱微驅其
徒以相蹈藉而破脰陷腦不預其憂圖成則利歸於
已人安得而避哉古之權姦元惡專人之國家思盲
弄其君以牢固寵位猶懼人之不已附必發抗下暫
威竦天下然後權姦得以行其計而國遂至於不可

爲故李林甫起皇甫惟明之獄蔡京起同文館之獄
皆深刻慘毒株連柢結裂膚炙髓其禍累數年而不
解然此屬猶憑城社之勢宰相之力故得以恣意爲
也今一介小人賤若糞土曾無天子毫髮之寵宰相
分寸之力而特其反覆操數寸之管攻求鄉里之陰
私驅其徒以相排擊盲公誣官無所不至其禍亦株
連根結累數年而不解至人莫與抗然後從容漁獵
以盡一市之肉以爲市有虎哉無虎哉自古明皇在
上士農工商咸樂其業而風俗長厚兇人無本業無
技術然所衣食十農夫不能供徒濁亂風俗梗政破
化而猶不著其跡蛇蝎蚊蠅吾知除之天之生是類
未易驅也記曰苛政猛於虎夫夫也特甚

撫戎論

四夷皆醜而北狄尤難禦禀北方之勁承野獷之俗騎羊射烏長而帶甲其由來久矣故寧戰而死無寧耕而生也寧禽獸而爭無寧衣冠而懦也然負其獷悍能爲中國患自帝王以來未嘗一日忘也益賛舜曰無怠無荒四夷來王聖人作事通於神明尚矣亦曰戎狄荒服言其來慌忽也故禹畧而不詳武放而不親至于宣王止于薄伐益有所不得已也愚以爲聖明之禦戎狄過於三代也何荒荒而處蠢蠢而來親之則亂不足較之則爭不足理之則不化却之則無力是故三王亦切于自治耳遑治戎乎至于幽王無道申侯啓戎襄王亂經子帶召翟許則秦襄晉文

前後出師驅之而後華可爲也君子不憂彼之盛衰而憂我之理亂何戰國諸侯持兵相鬬殆二百年而戎狄始熾矣至于始皇仗兼幷之威收河南之地西築臨洮至于遼陽長城萬里坐敝中國以業四夷此後世之利也而秦受其禍秦之亡也中國益亂至于冒頓控弦之士三十餘萬漢高困于平城而不報呂后受嫚書而不問孝武奮興資五世之富仗中國之力南兼百粤西通冉駹東收朝鮮北破匈奴開朔方玄菟長河曲四郡置兩關以遮西域由是匈奴始斷右臂而幕南無王庭矣至於末年中國虛耗此後世之利也而漢受其害歷觀帝王之事考秦漢之畧而知道德形勢不可偏廢今主道德者闗於通變主形

勢者不究本原愚以爲　聖明之禦戎狄過於三
代也夫世道有降升人事有難易庸詎得以一槩施
哉以道德不足恃非春秋有道之謂也以形勢不足
守非家天下者之所留意也茲欲俾脩封疆者不失
仁義則武矣而不至於黷脩道德者不忘險阻則仁
矣而不爲姑息兼而有之不亦難哉愚以爲
聖明之禦戎狄過於三代也今城秦之城也地漢之
地也道德三代之道德也而有非三代秦漢所及者
出乎道德形勢而能玄其化者也夫以堂堂　大明
高皇聖人鞭四夷混六合緜宇宙開日月收千載之
功報百王之耻豈不能包葱嶺鹽澤役新羅百濟以
建東西都護哉顧獨契大雅之道明禍亂之源識本

支之勢察緩急之宜故能去屬國罷安府釋婚姻省
盟約不治海外之訟不慕威遠之名此於形勢之中
而得殷周之意故曰非秦漢所及也禹迹所揜殷周
所牧西不過江漢南不過會稽以　高皇聖人豈
不欲蔄機要守黃石而務荒大哉誠以治日久則氣
日闢今甌閩百粵之風與中華等夷卭僰滇南之材
出而佐　聖者與元凱比族此舜禹之所欲覩而未
能也故曰非三代所及也夫夷之強弱視中國治亂
也胡運之盛衰惟其國之人也漢高不遇冒頓胡不
足兼冒頓不遇漢之強其難亦不止入塞也唐太宗
非泉盖蘇文遼東不足平蘇文不遇唐之盛稱臣亦
未易也曩者金元之入宋其人之賢豈逾於冒頓哉

惟中國無漢高諸侯無秦襄晉文故能翻華夏爲左袵也愚謂夷之有人無人不可知若夫中國之治

高皇之略所當日廣一日警戒無虞可也

麟不育解

麟不可以不見爲祥亦不可以可見爲祥可見而不可得者莫不祥麟可見而不可得也不不祥是麟也者可有也亦不可常有可見也而不可常見嘉靖改元之前數月麟凡三見而皆不育吁嗟乎麟之終不育也耶麟之終不爲祥也耶予曰非也　聖天子起嗣　鴻業勵精圖治夙夜求賢盡去前日之惡人奮除前日之弊政若雨滌風盪不見用力而萬國帖帖然已知生人之樂凡含忠負直蘊奇秘學之人翻然若穴之中興立吐氣思乘時自効以爲太平立見如此雖三代聖人之出不是過也故麟之出以聖人非非祥明矣夫麟不可以胎種求不可以犬羊飼不可以牛馬用使常見而常有之何以爲祥使不可以常見常有之而終于不見何以爲祥彼天地之靈異必有應期而降者其至慌惚可覩而不可留留將無以爲用牛長而耕馬長而駕犬羊長而或烹或宰皆知其將用是以畜之也麟非可以獸畜之也故勃然而作苟示形迹使天下曉然知聖人之已出假借凡品以彰文明委形而去不復愛恤麟真祥瑞也哉昔者鳳儀舜鳴文王亦不越覽厥光輝聽歡雝和而已不聞簌而養之如家禽也彼麟也者猶可牢而飫

之如家畜也哉

解虞似解

蔡子作虞似解十年而拜甘泉子於南雍門人曰終曰唯唯得無掣㧱議乎蔡子曰明道非似也非明道似也予非非明道也非非明道而好自用也甘泉子潛心見道合一之說先儒指南也勿忘勿助伯淳之得於亞聖者也仁之要微之微獨不在是（夫無所得而安是非非仁也有所得不以同於人非仁也故甘泉子之情常若有所不忍而辭若不容已非非諸子也盡心焉）諸子求補之者也曰如二子之測曰微不同微不同而兩立之後之君子其無見歟夫前乎甘泉子者非不愛天下之人也愛天下之人不以甘泉子之心非愛也後乎甘泉子者非不欲成天下之俗也成天

下之俗不以甘泉子之教得乎曰然則孰與子靜曰非陸氏之學也陸主空未及用世故近禪湛合動靜靜不離世世不外靜萬機交萌客主各正猶之伯淳語性動亦定靜亦定物我同宗外內同根本端天明藹境皆清存之又存水火不讋妙之又妙克協化工似真非真吾爲世惧予㧱解之意枝異根從流背源同討探春春庸詎指爲相攻惡燕石似玉也王交王何害乎連璧惡魚目亂珠也以珠承珠何恠乎璿淵孤白不足以勝衆黑鈞其素而純其質助不多乎孤簧不足以勝衆鄭合以鍾而止以石功不倍乎於是乎坐客皆喜曰話言果不相掣

逸辯

古稱逸民以與世無迕於事無任故迹暢而形輕無衣冠之束無朝請之典無送往迎來承上接下之節頽惟心則無不足也知則無不適也游則無不天也措之澤澤宜措之山山宜措之百工圃農百工圃農之中蔑不宜而後逸之名稱矣逸其名不得其實非逸也逸其形不得其心非逸也孔子所膺稱不過數人諸子所載亦不過數人使逸民而有利祿之謀逐迎之勞取合時勢之迹安在其爲逸民哉或曰士逸則不可假以勞乎曰尹一也於阿衡則勞於有莘則逸説一也於相則勞於築則逸尚一也於師父則勞於漁則逸得其地而已矣故曰禹稷顔子易地則皆然處大逸矣復求勞乎故勞者逸之蜕也捨者用之資也勞逸不悔用舍不悖斯出處之義同邑守齋湯君少穎治易非無可資之基世雄於弦高非無進取之途年未四十罷其學舍其業無御無趨無好無取自逃于形迹之外陶陶焉煦煦焉掩戶而伏候日而吁若與世曠絶然視其家則治其行則無所缺子則學成表表豈非所謂逸民耶民者無位之謂無位所以逸也得其逸不梏其形逸其形不梏其心湯君所以超然于天游也夫無所受故無所束豈適爲一槁士之取哉亦曰得其地而已嘉靖丁亥之明年守齋壽七袠前月嘉平友人湯子勿以書告蔡羽于林屋山中曰家君以來歲中壽不肖擬正月稱觴須子言余聞之嘆曰有道則虚虚則逸逸則無所苦其形斯

守齋所以宜于壽也古之養生者曰無勞爾形無搖爾精然徒知利已也守齋逸以地非利已夫充斯道也其算未卜余交君父子者也寧不私自慶慰以爲湯氏多乎著逸辯

辱知辯

左虛子擁裘寒齋屬有排氷落於額草不自已客敵席而宣曰能言自喜孰與求知覃思三十年何苦爲于曰若疑我場屋營營乎客曰然左虛子曰得之無機爲不知者咲得之有命爲知者垂兹事嘗三遇三不遇而終不可知客曰願聞三不遇左虛子曰昔在癸酉甲子今十五矣御史莆田黃公希武來督南畿予嘗六試不式黃公訝甚曰殆文卷脫下吏乎抑譯之不謹乎將比告府尹　郡歐陽公御史慈溪頭公諸執事不可不敬名士期於必得歐陽公顧公維時譬能百執事視常倍謹簾徹而不第黃公恨甚予時實爲公羞退而循省曰知我者薦我不知我者司我抎抎誠無足恠後十二年而有乙酉之事府尹天台南渠王公主簾外學士同郡崦西徐公主簾內三試王公三得卷輒喜以爲士司之急欲觀也敕下吏從事惟謹簾徹徐公且署且訝曰其其時之望也敕同事盡檢所閱惟勿遺竟落于房考也予於王公無一日之舊王公於其無面識乃獲軫公懸懸徒以文卷之故徐公平日之所辱愛凡予所以見知於羣公者多其吹一不第必一爲之悵恨別兹秉大公持明鑑

人人稱服豈不欲兼收一介用快時論哉非視遠者遺近舉大者忽細耶夫以知我者爲我愛我者司我而又有不知我者讀我焉抎抎終無怪也又三年而有戊子之事維時　皇上聖政日新聽廷臣建議約束文體添房考維地官主事應城余子實承典易余子予得締交于後渠崔先生之門又得同事甘泉老先生講席道相謀業相取每每求予之不第以自訐嘗旁觀而不平者也剏得親秉厥局乎試之明日甘泉公喜曰明法令若茲舉范事若諸內外易房若余子士可賀矣子無憂時予亦以文字奉式庶得溷余公之明亦無憂名出又不第夫以知我者薦我又以知我者讀我窺余子求士之心甚於士之求主司

以不式者序孰與得其式乎思之終不得予素重余子愷悌忠誠將往面叩已旋和州矣於是知天下事常有不可知者主焉故曰天也天定之人顧謀之雖君不能庇其臣獨柰何哉於是客仰首長歎曰如子真非時喜矣然天於人無終棄必以汝見知來世乎苦汝思後世以汝爲師乎

山人蔡羽著

樂說

樂之作有待時而已矣樂之正無待道而已矣有待也雖聖人不能違時其無待也雖衰世不能違道樂也者天德之流也音也者人心之動也樂也者出于天而應于物物者也音也者出于人而協于天德者也然天不自樂人成之也人而不樂音不得其歸矣天運之人成之通于政事合于神明徧于萬象洋洋乎有不容已者是羣聖之具也韶何以獨贊於戲天冒地持九功洽矣忽不知其所自歌也比而樂之能相勸也非有虞氏孰居之群工奏矣庶尹諧矣庶績

凝矣嚮使制度文章一有待韶可作乎故德有餘治未粹文不備矣文有餘德未至情不稱矣放勲蕩蕩德難名也洪水害治天用成乎天之不成三事和乎故堯之文尚有待于舜也羲皇氏非無是德也世之未粒焉用特神農氏非無是心也衣裳未備將焉籥故雖伶倫大容不和而鳴猶天籟也然神皇帝世其氣常和人情常順厥音天發咸足用通神鬼克致其物信于咸池承雲之旨德其本也法其用也有虞氏之所本者博矣雍容之化成于上下矣天應之以八風也地應之以五德也羣工和之以九德也庶政會之以九功也肅肅雍雍奚事乎五聲十二律旋相為宮哉然樂在天者也律在人者也昔其德莫之為而

爲者樂也正其本有可得而制者律也律非所以濟樂乎舜之時其命官也簡其授術也要夔一人求言依永數言而已矣後世失其和而亡其度將焉守韶舞尚矣夫子稱韶次之以武者何居謂抑之也亦進之也故夫文明之道莫盛于唐虞其次則周也政視德也化視政也樂視本也感視樂也群后德讓故七旬而苗背血流標杵三世而迁洛弗率感之難也然禆冕搢笏庶脫劍矣祭于明堂民知敬矣朝覲耕籍知君親矣執醬而饋知養老矣故曰周其次也揔于山立純乎武者也肆威中國情不足也求同盡善不亦難乎聖人以樂教天下後世而語稱韶武非偶也傳曰雖有其德苟無其位不敢作禮樂焉孔子也何

諄諄曰樂之正無待也雖衰世不能違也故雅頌由之得所也魯太師語之也不及用于朝廷亦和之鄉黨自夫族長閭門莫不有親疏貴賤長幼男女之理矣而可徒治乎故夫子之教興于詩也成于樂也宵肄則三雅也侍坐則琴瑟也坐而擊磬非迂也反歌而和非憚煩也故曰致樂以治心也夫無禮樂無以育人材無禮樂無以安家室欲使剛而不怒柔而不愜哀不慢易樂不流湎得乎故大成之樂所以祭祀會同也無其時不興一琴一瑟所以和厥心志也有其人斯舉矣故樂大用之則合小用之則離合與離均有本也正之以道與天地常存而已矣

沈元材伯仲字說

吳郡松崖沈君鄉進士元材乃翁也松崖二子元材居長次子校未以字屬之同郡蔡羽發其義松崖曰椿字元材矣校字成材得乎羽曰善哉松崖之愛子也愛不以教非父也教不以方非善也松崖有元材以爲子得於天蓋厚矣爾乃克違浮俗建明師立約束身親課之十餘年間遂掇科第厥方驗矣至於顧名思義之間三致意焉得非隨事而箴規哉余唯木之材莫大於椿人之材必成於校松崖既得之矣奚傒贅必不得已鯫生不足以充沈氏賓敢替厥美夫樗樸杞柳非材也楩楠材椿於衆材特壽焉故其材大材之大者官司小民不得用鼎諸明堂而後已故椿之材明堂之材也閭胥黨塾非成也聯群秀書道

藝必於校官而後成故校之成聖賢之地也爲人父者有丈夫子二以明堂待一人焉以聖賢待一人焉得謂之善教乎否也元材好學博古才力完勁行將魁天下展經濟信乎明堂之儲也大孝繼志元材克荷矣成材未卒業志趣可見不勞遠法磨諸家庭有餘地予賀松崖之多男子也或曰尚有加于此者乎余曰志伊尹之志學顏子之學敬爲伯仲勸

保竹說

有厥有謂之保重歟有謂之業余聞仁者忘形聖者忘物而何有於保哉夫有其有不私其有斯有無一矣故德莫先於虛業莫大於隱離物欲遊清虛釋爭鬭歸幽隱舍竹奚取哉先人有美澤焉後人爲之勿

剪刎伐得不謂之保哉然竹形也竹之樂無形者也予將保其形乎保其無形乎保厥形者世厥業謂之惟肖保厥無形令厥世德抑不謂之踐形乎夫脩然壤翼然廬惘然處陶然息得不為存喪不為失虛之又虛冥化其迹隱逸者之所得也初何假於保哉賤不譸張貴不衒鬻富不言有貧不言無抱一全眞並遊於叅內受諸天地還諸天地雖美山河多采地細業也奚營營於十畝之篔簹哉知是則保之為道大而竹之為樂多枯槁之士與縉紳之家無相病矣章君宏之有先人之竹而保之求其旨姑與為說

損吾說

夫人內不足則盈外外不足則盈內盈內者天盈外者人主天者奴外主人者奴內而互相勝負故以仁生愛恕生均平義生廉恥虛生謙抑讓生節文之數者之生生于有餘也仁不足則生慘刻恕不足則生忌疾義不足則生侵奪虛不足則生敖讓不不足則生暴厲之數者之生生于不足也於其有餘而生焉雖外日顯而內日益多無害也於其不足而生焉外不加損則內日益削矣故凡損者損其在外者也損其人而奴之以聽於主也莆田黃子號損吾厥養吾不得而知也將內盈外乎抑外盈內乎吾不得而知也然黃子臬僉東山公之令嗣吾師大廷尉石峯陳公之館甥嘗曰吾名邁字士超而取損吾無亦韓子字退之之謂乎其自為箴規亦董安子佩弦之義乎然黃子既知所損當知所以損夫慘害忌

疾侵陵暴慢吾之賊也黄子非損吾也損吾之賊也損吾之賊而吾全黄子進於損矣若夫宮室焉損之以卑衣冠焉損之以素飲食焉損之以菲薄則凡爲黄子之百行莫有不損矣故曰主天者奴外主人者奴内得其主而後可

事茗説

事可養也而不可無本或曰如茗何左虛子曰茗亦養而已矣夫人寡慾肆樂親賢樂親賢肆自治恒潔茗若事也致若茗若心也居乎清虛塵乎貴箕形潔也形潔非養也本不足也居乎劇出乎貴箕非形潔也可以言養也審厥本而已矣夫本與慾相低昂故其致物相水火茗而無本奚茗哉南豪陳朝爵氏性

嗜茗曰以爲事居必潔厥室水必極厥品器必致厥磨礪非其人不得預其茗以其茗事其人雖有千金之貨緩急之徵必坐而忘去客之與厥事獲厥趣者雖有千金之邀無程之約亦必坐而忘去故朝爵竟以事茗著千吳夫好潔惡汚孰無是心不遇陳氏之茗方揮汗穿蹠也一遇陳氏之茗而忘千金之重若然謂之無養可乎朝爵遇其人發其扃事其事不爲千金之動固養也苟未得其人方孤居深扃名香爭几以茗自陶志慮日美獨無資乎或曰如子言養無大於茗子曰非獨茗百工伎藝無不爾在得厥趣而已矣内不亂而得其趣是之謂不可無本

祖行文

昔我濟蔡僑吳有年實族包山之田余覗先德含經
髮秀将嫁于春官維嘉靖新元適在午年月建維丑
日維婺女敬戒于尸巫辰吉時良有事道先卜征治
粢蘭膏既明棥聊既馨豚肩雞膏魚頭維錯爓獻祭
酒而巫侑歌卒爵有風發發燭跋香銷若有靈物拗
于幽宜薰灼歘忽如能爲聲巫忽起舞奔告主人曰
神徵卜徵予得其情予道不偶常與世違人趨其巧
予用其拙人先予後神將汝懲夫舉世好同而予務
奇文不如新進記不如老師便不快於時目巧不膽
於衆口猶以葛禦寒而綌當暑也得非拙於趨時相
如文高以貲爲郎子雲博學亦資諸王鴻鵠乘雲而
高飛草木得春而早榮顧子恬守師説厲執道樞不

爲利動不爲勢趨後時失會曾不傷悲又非拙於進
身乎從諛則寒谷生春搖尾則侯王憐恤徒知腐儒
之叟倨不識時人之屈節非子之拙於奉世乎賁是
三拙以卜征神寔危之主人端委再拜曰正哉吾神
真哉吾神神豈徇枉巫或欺人夫天畀我以德性師
資我以道術學患不如孔子文患不如游夏汲汲營
營夙夜遑恤貶詩書之正轍徇稗官之曲徑棄江河
之大流矜一勺之細斟斟瑕杯之天質効雕龍以眩
真吾不爲也用是拙吾嗟爾巫非吾神堂堂　天朝
開途啓扃明明在上濟濟縉紳無德者下有德者昇
賞不僭功罰不濫刑銓才準能銖兩畢分顧欲緣鳳
昔托狗監曳足而進邪徑而行蹈揹之之覆轍效匡

衡之失身吾不爲也用是拙吾嗟爾巫非吾神容有大體禮有正文長孺長揖廣平捧腹袁安律身却正比屋恂恂便便朝野鄉曲侃侃誾誾低昂中倫予欲脅肩而曾參賤頗效繁音而宋弘怒多方剏之好諛寧與宗之免嫉用是拙吾嗟爾巫非吾神於是神尸醉喜巫亦拱竦傾耳側身微聞屬音巫復奔走告主人曰神知予矣神知予矣寧抱寒而處無附熱而榮寧浣濯以寂寥無妖冶而諠轟古之人歟古之人歟駕爾車秣爾馬敬爾馳驅爲予錫嘏

祭太僕少卿南原王君文

某月某日濟陽蔡羽偕太原王寵謹用庶羞酒饌致祭于太僕少卿南原王先生之靈曰於戲朋友之道

愈久爲難或予貴而我賤或予去而我來何疑何嫌執手塲屋二十四年而君知我日深顧我日厚愛我日親惠我以德薦我以心於戲節不競於樹名忠不止於授身孰懷虛誠鑒於明神賫道而沒孝弟忠信賫恨而沒有志未行君有忘年幰吉王生有事京華來哭君靈於戲庭槐自黃秋菊自芳白雲悠悠美人何方啜其泣矣隕我衣裳於戲此別長絶兮亦東發有靈不滅幽冥永察

祭少司馬陳石峯先生文

於戲宗主天之歛秀於公不薄人之自愛於天不怍維公黄甲之英翰苑馳聲風采臺端爰秉化衡維我南畿士徒繁盈公方一鼓賢愚戴誠垂三十年愈親

愈服致之安從豈狥豈恧炳然朗朗忠愛天篤伊昔
前朝危言顯節閶闔禍機天道不滅脫公遄徵還公
于浙既佩郡符旋副憲臬海沂青州聲教烈烈屢試
殊勳　天眷載揚大參于藩俊以豫方命以方伯顯
以中丞南巡豫章西節零陵遂進廷尉賓于九卿維
南司馬厥職維艱森彼將臣烈彼京衛宜散宜樞宜
給宜蘭肅齊武備嚴勒　天坦右掌荀忝厥尹摶摶
維公祐之皇皇師干越祀維三　袞職有粲衡議敷
同公孤詰旦人之云亡朝寺渙渙小子荒蕪始終門
墻出借餘光入沐馨香遽聞仙逝貫裂我腸念我吴
士同敦此情壺漿菲薄惟神格款

師韓書院銘

師韓者唐工部郎中皇甫持正也紹之者明順慶守
孫世用也作之者右都御史靜菴陳公也順慶由進
士累官有名歸田著述因課諸子巡撫公爲作是院
順慶請祀工部浚厥祖也請配昌黎學有宗也夫昌
黎復古文自司馬迁楊雄以來一人而已當時同志
之士惟柳宗元李翺皇湜張籍之徒而皇甫氏之文
號粹令順慶父子俱嗜古名家是工部之未盡於唐
者大闡於我明也澤思厥祖學考厥宗是舉也不爲
徒然乃作銘曰惟道有言惟言以脉似擾支離千載
一溺偉哉昌黎奮膺典籍惟韓啓源惟湜輔光百川
既同江漢洋洋載緝憲章載徽明堂維賢順慶克紹
厥世少笨懋聲曉牝道藝吐辭爲家宜古之秘維鳳

九子維玉連璧奚爾珪章儀我　王國一大之良奚取付百維我中丞錫予善疇開此訓碁以永藏修考古崇道順慶指謀禮于樂櫓衛道孔周仁耕義耨樹德孔休賢祠既卜馨烈悠悠

孫敬初字說

丹陽孫子志新吾友也嘉靖十年秋令其子守祉拜余于金陵許氏館曰請字締視良久壯之曰公子孫之偉器也別幾年矣回屈指逆之為太歲乙酉余同孫子遊太學之年祉也服勤鷄鳴寺緣旦夕焉已離經辨志矣六年而再相見已魁魁乎徹人之目讀其業善步前人矣夫年不知積而學日卅宜余之衰也孫子命說之余曰名家考祥濊濊乎作之猶夫人哉

拓而培之有由也孫子不俾之肇恒俾之守卓哉繇其流之謂然德祉之基也祉德之應也洪範五福斂于有極曰惟時厥庶民于汝極錫汝保極又曰予攸好德汝則錫之福夫福聚于德也德聚于脩也脩之維何亦曰敬用五事而已視之不明聽之不聰物則汝害也非克已其孰能勝之是故君子敬以直內也非禮勿視聽言動也夫然後德聚而天定福之源源固百川之東也孰汝禦之聖賢之視凡品厥初一也敬不敬斯分矣鑒于敬初自待必遠他日聲光裕乃有家勸哉